# SUR LES CONQUESTES DU ROY.

## EPISTRE.

A PARIS,

Chez PIERRE LE MONNIER, au Palais, devant la Sainte Chappelle, au Feu Divin, & à l'Image Saint Louys.

M. DC. LXXII.
AVEC PERMISSION.

# SUR

# LES CONQUESTES

# DU ROY.

## EPISTRE.

APRES *les grands Exploits que le Roy vient de faire,*
*Quoy ? n'en ferons nous pas un entretien charmant ?*
CHER DAMON *je ne puis en parler dignement,*
*Mais je puis encor moins m'en taire.*

A

Il eſt vray, ie ne ſçay ce que c'eſt qu'Apollon,
Jamais ie n'ay dormy dans le ſacré valon,
    Où les Poëtes font leurs ſonges :
    Il n'eſt point de Muſes pour moy ;
Mais ie ſuis aſſuré que leurs doctes menſonges,
    N'égalent point ce que ie voy.
Je voy le grand LOUIS, ô DAMON, quel miracle !
Tout cede à ce Vainqueur, il briſe tout obſtacle,
    Rien n'en peut arreſter le cours,
    Voyla cinq Provinces Conquiſes,
    Plus de quarante Villes priſes,
    En moins de trente jours.

    Imaginez-vous le ravage
    D'un torrent qu'à formé l'orage,
    Et qui precipitant ſes eaux
    Sur des paſturages fertiles,
    Entraîne & Paſteurs & troupeaux ;
    C'eſt comme LOUIS prend les Villes.

Mais la rapidité de ce juſte Vainqueur,
    Qui va de Conqueſte en Conqueſte,
    N'eſt point une affreuſe tempeſte,
Qu'un Barbare deſir ait fait naiſtre en ſon cœur.

Il ne met point ſa gloire à ravager la Terre,
Et ſans ſortir de ſon Palais,
Sa ſageſſe a rendu les Explois de la Paix
Auſſi grands que ceux de la Guerre:
Mais il falloit icy par les plus ſaintes Lois,
Que ſa valeur toute heroique
Punit l'inſolence publique,
Et qu'elle vangeaſt tous les Rois.


On ſçait avec quelle arrogance
Ces fiers & ſuperbes ESTATS
Inſultant tous les Potentats,
Traitoient la Royale puiſſance.
Leur ridicule Vanité,
Au mépris de la Royauté,
Les nommoit Protecteurs du Monde,
Souverains Arbitres des Roys,
Derniers Juges de tous leurs droits,
Maiſtres de l'Empire de l'Onde,
Et leur faſte inſolent gravoit ſur les metaux
Tous ces titres pour eux auſſi vains que nouveaux.


Il ne leur plaiſoit pas dans leur fiere entrepriſe,
Qu'un Roy qui par l'éclat des grandes actions

Brille avec tant de gloire aux yeux des Nations
  Prist un Soleil pour sa Devise ;
Ils vouloient, disoient-ils dans leurs piquans discours,
Arrester le Soleil au milieu de son cours.

  Cependant Louis marche, entre dans leurs Provinces,
Commence de vanger l'honneur de tous les Princes,
Et d'un premier effort qui remplit tout d'efroi
Ayant conquis Burich, Vezel, Rhimberg, Orsoi,
Il poursuit, il avance, & dans chaque journée
Entreprend & finit les Travaux d'une année.

  Nos plaisans Josuez alors ne railloient plus ;
Mais voyant d'un œil triste, & d'un esprit confus
Quels coups prodigieux ce Heros savoit faire,
Et qu'en si peu de jours il avoit tout domté,
Ils doutoient, si pour luy le Soleil arresté
N'avoit point fait les jours plus longs qu'à l'ordinaire.

  Il est vray qu'on ne comprend pas
De quelle ardeur ce Prince à conquis leurs Estats,
Et personne jamais, ne pourra nous le dire :
C'est dans tous les esprits, un juste estonnement,
Il a fait cent explois que l'Univers admire,
Et n'a pas eu pour tous un temps qui dust suffire
  Pour n'en faire qu'un seulement.

Mais n'ayez Holandois, ny deplaisir, ny honte,
   De vostre deffaite si prompte;
Vous vivrez plus heureux que vous n'aviez vécu :
Et de vostre bon-heur c'est une illustre marque,
   D'avoir pour vainqueur un Monarque,
   Par qui le temps mesme est vaincu.


Quant à nous, dont il sçait surpasser l'Esperance,
Que ne devons nous point à sa haute vaillance,
   Qui n'a pas voulu que nos cœurs
   Fussent troublez par les frayeurs
   D'une fortune qui balance !
Car enfin ce grand Roy par des coups si preßans
A forcé l'Ennemy de luy ceder la gloire,
   Que nous n'avons pas eu le temps
D'apprendre le projet plustost que la victoire.
Mais la victoire entiere avec tous les Lauriers
   Que peuvent chercher des Guerriers ;
   Les plus beaux que la valeur donne;
   Des Lauriers vrayment immortels,
   Qui parent les sacrez Autels,
Et dont l'Eglise mesme aujourd'huy se Couronne.


   Car avant que LOUIS d'un bras victorieux
Eust ouvert ces remparts qui menaçoient les Cieux,

L'Eglise y languiſſoit accablée, & mourante  
Sous le funeſte joug d'une Erreur dominante.  
Nuit & jour elle eſtoit dans le gemiſſement,  
Et meſme n'oſoit pas gemir ouvertement;  
Contrainte de cacher comme les plus grands vices,  
Ses divins Sacremens, & ſes purs ſacrifices,  
Des que LOUIS pareſt, elle n'a plus de fers,  
Ses liens ſont briſez, ſes Temples ſont ouvers,  
Ses Miniſtres ſacrez traitent les Saints Myſteres,  
Son Encens juſqu'au Ciel monte avec ſes prieres,  
    Et ſes chers enfans rejoüis  
    Chantent dans chaque ville priſe,  
    Que les victoires de LOUIS,  
    Sont les triomphes de l'Egliſe;  
    Par tout la fortune le ſuit,  
    Par tout la vertu le conduit.  

Mais, DAMON, arreſtons à cet exploit terrible,  
    L'étrange paſſage du Rhin,  
    Cet effort incomprehenſible,  
Qui ſemble avoir forcé les ordres du Deſtin !  

Les Holandois fameux dans l'un & l'autre monde  
Du Rhin qui les deffend vantoient l'orgueilleuſe onde.

Ils nommoient tous les Roys quelle avoit arresteʒ,
Ils contoient tous les ponts quelle avoit emporteʒ,
Et s'attendoient à voir quelque longue machine,
Qui leur donnaſt le temps de la battre en rüine,
Quelque pont qu'on feroit à grands frais, à grand bruit,
Et qu'ils détruiroient meſme avant qu'il fut conſtruit.
Mais LOUIS tout d'un coup vient tenter le paſſage,
Et d'abord cent guerriers ſe jettant à la nage,
A franchir ce grand fleuve animent leurs chevaux,
Par cent divers efforts rompent l'effort des eaux,
Tandis que l'ennemy forme d'autres tempeſtes,
Et lance un plomb brulant qui tombe ſur leurs teſtes :
Mais ſans craindre ny l'eau, ny le feu, ny la mort,
Ils vont, & les voila, qui ſont à l'autre bord.

Ils volent maintenant ces Guerriers intrepides
Qui nageoient tout à l'heure en des ondes rapides,
Leur amour pour leur Roy change ainſi leurs Deſtins;
    C'eſt luy qui les metamorphoſe,
    Et ce ſont comme il en diſpoſe,
    Ou des Aigles, ou des Daufins.

    Cette noble ardeur continuë,
    Un autre eſcadron nage encor;
    Et par cette route inconnuë,
    Il vient à terre, & prend l'eſſor.

*A peine encor un autre arrive,*
*Que des cris éclatans de mille endroits pouſſez*
*Font entendre par tout de l'une à l'autre rive,*
*Que* CONDE' *qu'*ENGUIEN *ſont paſſez.*


*Vous diray-je,* DAMON *que c'eſt* MARS & BELLONNE,
*Qui foudroyoient de toutes parts;*
*Point du tout, c'eſt* CONDE', *c'eſt* ENGUIEN *en perſonne,*
*Et c'eſt plus que* BELLONNE & MARS.


*Le Roy qui les voit du rivage,*
*Ne peut plus ſurmonter l'ardeur de ſon courage,*
*Cent fois vers l'ennemy ſon cœur eſt emporté,*
*Mais quoy que tout ſon ſang bouïllonne;*
*Il faut que la valeur cede à la Majeſté;*
*Et le Roy par elle arreſté,*
*N'a jamais plus ſenty le poids de ſa Couronne.*


*Cependant nos Guerriers ſous ſes puiſſans regards,*
*Ne ſçauroient craindre les haʒars,*
*Pour eux les perils ont des charmes:*
LOUIS *les voit, & c'eſt aſſez;*
*Tous les ennemis ſont forcez*
*De luy rendre auſſi-toſt les armes.*

*Ils*

Ils cedent , mais comment ne cederoient ils pas ,
    Voyant ces terribles Soldats ,
    Qui viennent forcer leurs barrieres;
Ces François , ces donteurs de la fureur des eaux ,
    A qui pour passer les Rivieres
    Il ne faut ny Ponts , ny Bateaux.
Certes plus j'en dirois , plus j'en aurois à dire;
Mais enfin, CHER DAMON, ie me tais, & j'admire.

# SUR

# LES CONQUESTES

# DU ROI.

## SONNET.

Dès que Louis paroist, l'Europe est allarmée :
Rhimberg, Burich, Vesel, Rés, Emmerik, Orsoy,
Succombent en un jour, & passent sous sa loy :
Utrech vient à genous recevoir son armée.

En vain de cent canaus la Hollande enfermée,
Avec tout Amsterdam s'oppose à ce grand ROI.
D'un seul de ses regards il imprime l'effroi
A ce Lion plus fier que celui de Nemée.

Les fleuves les plus grands ne lui sont que ruisseaus ;
Sablons, Marais, Rempars, Ecluses & Châteaus,
Ne sont pour ce Heros qu'une route ordinaire.

Jamais rien n'égala ses rapides explois :
Et tout ce qu'en cent ans l'Espagne n'a pû faire,
LOUIS l'a fait lui seul, & l'a fait en un mois.

# AUTRE SONNET

## SUR

## LE MESME SUJET.

GRANDS & fameus Guerriers, que l'amour de la Gloir
A fait marcher par tout sur les pas de LOUIS;
C'est vous qui seuls témoins de ses faits inouïs,
Du naufrage des temps sauverés sa memoire;

Vous l'avés vû cent fois ce Mars de nostre Histoire
Rendre de sa valeur cent Peuples éblouïs,
Et malgré leurs projets d'abord évanouïs,
Faire au gré de ses vœus obeïr la Victoire.

Vous avés vû les murs, les bataillons forcés,
Et sur les ponts d'airain les fleuves traversés:
Vous avés vû le bras qui faisoit ces miracles.

Mais bien que sa puissance à vos yeux ait paru;
Que dirés-vous un jour de tous ces grands spectacles?
Et comment croirés-vous ce que vous aurés vû?

# SUR
# LES CONQUESTES
# DU ROI.

### SONNET.

VOUS ! dont les Exploits memorables
Vous aquirent cent Noms divers ;
Vous ! qui fiſtes porter des fers
A des Nations indomtables.

Conquerans ! Vainqueurs redoutables !
Devant qui trembla l'Univers.
Vous ! pour qui la Proſe, & les Vers
Ont dit des choſes admirables.

N'importe, avec LOUIS point de comparaiſons :
Sçachez que ſon ſeul Nom efface tous vos Noms.
Ce qu'ils ont de brillant, prés du ſien doit s'éteindre.

En vous, quoi qu'on ait dit de vos fameux Travaus,
La Loüange ſans peine a paſſé le Heros,
En Lui, quoi qu'elle faſſe, elle n'y peut atteindre.

# SUR
# LES CONQUESTES
# DU ROI.

## SONNET.

MUSE, il faut se haster, LOUIS presse, & sa gloire
De cent lauriers divers couvre les champs de Mars :
Déja du premier pas il laisse les Cesars
Plus loin derriere lui, qu'on ne le pourra croire.

Il commence, & ses faits passent déja l'Histoire,
Rien ne peut l'arrester, ni fleuves ni rempars,
Rien n'étonne son cœur dans les plus grans hazars :
Il entasse par tout victoire sur victoire.

Chante, Muse, previen ses rapides explois,
Trop d'explois à chanter étoufferoient ta vois,
Déja vers l'incroiable à grans pas il s'avance.

A peine frape-t-il, que tout est renversé :
Jamais Roi n'a fini comme LOUIS commence,
Et lui seul peut finir comme il a commencé.

4

# LA HOLLANDE

## en l'etat où elle se trouve reduite.



J'Ay secoüé le joug de l'Espagne orgueilleuse,
Etabli mon pouvoir malgré tous ses efforts,
Du vieus, du nouveau Monde amassé les tresors,
Et regné sur l'Escaut, sur le Rhin, sur la Meuse.

Du Roi de l'Ocean la flote ambitieuse
Cent fois devant la mienne a regagné ses bords :
On l'a vanté par tout mes Villes, & mes Ports,
Et sur terre, & sur mer, je me rendis fameuse.

A ces prosperités, je ne me bornois pas,
Je croiois joindre aus miens encor d'autres Etats,
Et comme à l'Arragon resister à la France.

Mais las ! tous ces projets se sont évanoüis,
Des PHILIPPES cent ans j'ai bravé la puissance,
Et je tombe en un mois sous celle de LOUIS.